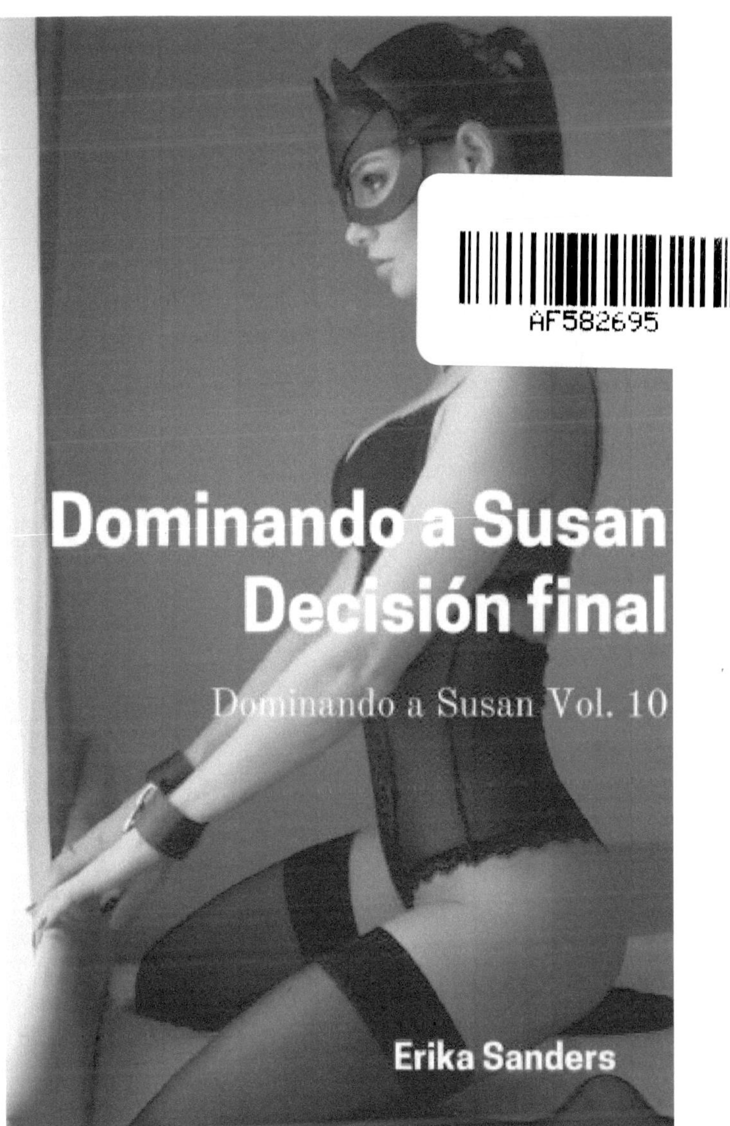
AF582695
Dominando a Susan
Decisión final
Dominando a Susan Vol. 10
Erika Sanders

Dominando a Susan
Decisión Final
(Dominación y Sumisión Erótica)

Erika Sanders
Serie
Dominando a Susan Vol. 10
Último volumen

Imagen portada: © 3kstudiok, 2025

Primera edición: 2025

Sinopsis

Susan, después de acabar la universidad se encamina hacia su primer trabajo, un empleo proporcionado por un amigo de la familia, Robert, que siempre ha tenido un especial deseo hacia la hija de su amigo.

Este deseo especial es conseguir que Susan esté bajo su dominación...

Decisión final (Dominación Erótica) es una novela de fuerte contenido erótico BDSM y, a su vez, una nueva novela perteneciente a la colección Dominación Erótica, una serie de novelas de alto contenido BDSM romántico y erótico.

También es la décima y última parte de la nueva serie, Dominando a Susan, donde se relatan las aventuras de Susan, alter ego de la escritora, en su faceta de sumisión.

(Todos los personajes tienen 18 años o más)

Nota sobre la autora:

Erika Sanders es una conocida escritora a nivel internacional, traducida a más de veinte idiomas, que firma sus escritos más eróticos, alejados de su prosa habitual, con su nombre de soltera.

Indice:

DOMINANDO A SUSAN
DECISIÓN FINAL
(DOMINACIÓN ERÓTICA)
ERIKA SANDERS

DECISIÓN FINAL

Los ojos de Susan se abrieron lentamente.

"Vamos hija, levanta y espabílate". Dijo su madre mientras se sentaba en la cama a su lado. "Has dormido mucho y queremos pasar un tiempo juntos contigo antes de que tengas que regresar a la ciudad".

"Solo cinco minutos más", murmuró Susan antes de darse la vuelta.

Una pequeña corriente de agua golpeó su mejilla.

"¡Estoy despierta! ¡Estoy despierta!" Se sentó, frunció el ceño ante la pistola de agua en la mano de su madre y miró el reloj al lado de su cama. "Mamá, ni siquiera son las nueve de la mañana". Otra corriente de agua la golpeó y ella chilló, "Está bien, estoy bien, ya me estoy levantando".

"Bien, date una ducha y baja las escaleras para desayunar" Caty le sonrió a su hija aún cubierta de brillo dorado y luciendo como un ángel: "Es tan bueno tenerte en casa hija, vamos a disfrutarlo. Arriba, arriba, arriba".

Media hora después, Susan bajó las escaleras luciendo más fresca y brillante de lo que se sentía.

Ella sostenía sus manos en la espalda escondiendo su venganza.

Entró en el patio trasero sorprendida de que quedara tan poco de la fiesta la noche anterior.

Solo unas pocas mesas para los que se habían quedado y una gran barbacoa en el medio chisporroteaba y saltaba mientras el personal de la cocina cocinaba tocino, papas fritas, huevos, panqueques y todas las cosas buenas que hacían del desayuno su comida favorita del día.

Susan caminó lentamente hacia sus padres dándoles los buenos días a todos mientras avanzaba.

Sacando las pistolas de agua detrás de su espalda, los miró a ambos y apuntó sus pistolas de agua hacia ellos.

Sonriendo dulcemente, dijo:

"Esa es una forma horrible de despertar a alguien, deberían avergonzarse de ustedes mismos. Soy una mujer adulta".

Su padre se declaró inocente, pero Susan no quiso saber nada.

"Sé que fue idea tuya, papá".

Ella sonrió y apretó los gatillos mostrando que las pistolas estaban vacías.

"La próxima vez no tendrán tanta suerte", sonrió ella.

Con muchas risas, bajó las armas y fue a buscar algo de comida y jugo.

La mañana pareció pasar rápidamente cuando la gente salió de las tiendas de campaña atraídas por el olor a comida y los lugareños que se habían ido a casa la noche anterior regresaron para el desayuno.

No había señales de Robert, Alan o Anne todavía y ella trató de no estar ansiosa por eso mientras se unía a la conversación relajada y fácil en la mesa.

Su tía y su tío se quedaban una semana y la invitaron a regresar con ellos a Italia para pasar unas vacaciones cuando se regresaran.

Sus padres estaban entusiasmados, pero ella solo sonrió.

"No lo sé, tendría que discutirlo con Robert", hizo una pausa antes de agregar, "Tengo un trabajo ahora".

"Oh, tu padre puede hablar con él, ¿verdad Paul?" Dijo Caty y una mirada de pánico llenó la cara de Susan.

"Caty para. Es la decisión de Susan. Si no trabajara para un amigo nuestra, tendría que discutirlo con su jefe por sí sola. Esto demuestra que ella es responsable. Ahora ya ha crecido y nos lo recuerda. Deja que tome sus propias decisiones ".

Caty comenzó a protestar, pero Paul terminó la conversación con "Ya, ya mi amor ..." y Caty aceptó.

La conversación fluyó a su alrededor y sus pensamientos se volvieron hacia adentro enfocándose en Robert y lo que él podría opinar de la solicitud.

Ella deseaba que él estuviera aquí para hablarle.

Había llenado su mundo con su presencia en los últimos días y ella se sentía extrañamente a la deriva sin él cerca.

Se mordió el labio una vez más, ansiosa por su ausencia hasta que su madre interrumpió sus pensamientos al pedir ayuda en la cocina.

Los bancos de la cocina estaban llenos con dulces de almendras y macarrones de fresa y sobre la mesa había fundas de cartón que se plegaban en pequeñas cajas.

Susan comenzó a hacer cajas pequeñas y se las entregó a las otras mujeres para que las llenaran con postres para darles a los invitados.

Su madre y su tía charlaban a su alrededor mientras trabajaban:

"Eres una chica tan buena, Susan. Tus primos nunca ayudan a su mamá", se lamentó su tía.

Susan se rió.

"Solo hago lo que me dicen porque me ahorra el tiempo que pasaría discutiendo y cediendo eventualmente de todos modos. Es muy difícil decir que no a mi madre ... y siempre se sale con la suya".

"Cuando era una adolescente, discutía todo el tiempo", Caty le daba un codazo a Julia, "Llevaba toda esa ropa negra y maquillaje negro. Pero le dije: 'Lo que haces en casa no le importa a nadie, pero lo que haces en público es algo para ser juzgado por todos".

Las mujeres se fueron por otra parte sobre lo que los jóvenes pensaban que era un comportamiento aceptable en estos días, mientras que Susan guardó silencio pensando en lo que dijo su madre.

La mayoría de las personas tenían una personalidad pública y privada, ¿por qué debería ser diferente con ella?

Los constantes sueños de Susan sobre su Maestro se interrumpieron nuevamente cuando su tía habló de Harry poniendo su brazo alrededor del hombro de Susan.

"... como ese chico tonto que anoche bebió demasiado y dijo cosas malas sobre nuestra bella Susan. Lo que necesitas es un buen hombre que te trate como una princesa, no un chico tonto que no ha aprendido modales ".

"Sí", estuvo de acuerdo Susan, "pero realmente Harry fue dulce conmigo al principio. Hemos estado juntos tanto tiempo que supongo que fue más fácil ignorar su temperamento la mayor parte del tiempo. Nunca fui una chica fiestera y él sale mucho a beber con sus amigos, así que no nos veíamos mucho desde que nos graduamos ".

Se mordió el labio y pensó en el hombre que quería pasar sus noches con ella y sus labios se curvaron en una media sonrisa.

"¿A qué le estás sonriendo a Susan?" preguntó su madre con curiosidad.

"Solo pensando en hombres mayores, algunos son muy guapos, ¿no crees? Como papá".

"No querrás a alguien mayor como tu padre. Eres joven y hermosa".

"Oh, no digas eso", dijo su tía Julia para sorpresa de Susan, "Hay algo que decir sobre la edad y la experiencia. Muchas chicas van por hombres mayores. Y mucho mejor si él también es rico". Luego soltó una carcajada.

Las mujeres se reían enumerando hermosas estrellas de cine de su edad y algunas de las cuales tenían novias o esposas jóvenes y hermosas.

La lista siguió y siguió hasta que Paul entró en la cocina.

"¿Qué están haciendo las tres mujeres más bellas del mundo aquí?" preguntó sospechosamente mientras se callaban.

"Se están decidiendo por un 'Sugar Daddy' para mí, creo que lo han reducido a par de actores famosos, los cuales ya están casados, o eso creo". Susan dijo con una risita.

"Un Sugar Daddy, ¿eh?" Él le guiñó un ojo. "He escuchado peores ideas. ¿Definitivamente se acabó con Harry entonces?" Susan asintió y su padre sonrió y puso su brazo alrededor de su hombro. "Bien".

"Vamos, señoras. Todos están empezando a irse. Vamos a llevarla de regreso", Paul los condujo fuera de la cocina llevando las pequeñas cajas rosadas cargadas en los brazos.

Anne y Alan estaban sentados y riendo con el grupo mientras Susan caminaba de vuelta a la casa y sonreía al verlos buscando ansiosamente a su Maestro.

Estaba sentado al lado del grupo sosteniendo su teléfono.

Tenía una urgencia abrumadora de arrodillarse ante él, pero en lugar de eso le dijo a su madre:

"Robert encontró mi teléfono, apuesto a que lo dejé en su auto ayer".

Luego se apresuró hacia él dejando que su madre volviera a ser anfitriona y se sentó en el borde del asiento a su lado.

"Buenos días Mm ... Robert". Dijo alegremente, feliz de verlo.

Le entregó el teléfono y dijo sombríamente:

"Tienes que terminarlo", se levantó y se alejó de ella.

Ella se congeló.

Estaba enojado con ella y sintió que su pecho se apretaba de ansiedad mientras miraba su teléfono.

Había muchos mensajes y textos, todos de Harry.

Ella revisó los textos primero.

Harry se disculpaba en los primeros, luego se enojó por la forma en que lo estaba tratando y cómo lo había hecho parecer un gilipollas.

"Te hiciste eso a ti mismo", murmuró en voz baja.

Mordiéndose el labio, marcó en su teléfono para escuchar los mensajes de voz y escuchó mensajes similares de disculpas seguidos de una lluvia de insultos ya que él no había recibido respuesta de ella durante la madrugada.

Sus ojos se llenaron de lágrimas.

Siempre había sabido que él había tenido mal genio, pero había aprendido a aplacarlo durante toda su relación y ya casi nunca lo sacaba.

Fue culpa de él que se le pidiera que se fuera anoche, pero ella se sintió culpable por ser distante e ignorar sus mensajes ayer.

Necesitaba decirle que todo había terminado, no por Robert, sino porque había estado madurando lentamente desde que se graduaron y entraron a trabajar.

Ella nunca fue una chica fiestera ni siquiera en la universidad y él todavía salía casi todas las noches con sus amigos, ya casi no se veían.

Este fue solo el catalizador para terminar de una vez por todas.

Ella se alejó del grupo para llamarlo y terminarlo.

Se dio cuenta de que había sido un error hacerlo tan pronto cuando él levantó el teléfono al primer timbre.

Ella continuó caminando hacia el frente de la casa cuando comenzó su diatriba.

"Ya era hora", gruñó. "Regresé de la playa por ti y me echaste por la parte de atrás de tu preciosa fiesta y luego te quejas cuando bebo un poco. Crees que no soy lo suficientemente bueno para tu familia. ¿Verdad? Siempre has sido una perra".

Hizo una pausa para respirar.

"No", dijo en voz baja, "No es así en absoluto".

"Dime cómo es entonces. Dime por qué debería perdonarte y tenerte de regreso".

Ella estaba sorprendida por su pregunta, y en el pasado habría seguido inmediatamente su pensamiento y se habría disculpado.

Pero ella sabía después de esta semana, incluso si elegía no quedarse con Robert, que Harry no era el indicado para ella.

"No deberías", dijo Susan.

Podía sentir las lágrimas formándose en sus ojos mientras intentaba hacer que su voz sonara segura.

Harry guardó silencio, esperaba que ella le suplicara que la llevara de regreso, no esto.

Susan volvió a hablar, en el horrible silencio.

"Se acabó Harry", sonó más fuerte de lo que se sentía y se alegró de que no pudiera verla.

"No quieres decir eso. Te conozco, Susan. Vendrás a mí arrastrándote. ¿Quién más te querría? Nadie quiere a una pequeña simple que le siga como una estúpida perra", siseó su voz, "¿Cuál sería la opinión de tu familia ejemplar si supieran que me rogaste por sexo, cuanto más duro mejor? ¿Qué dirían si les dijera que quieres que te azote?"

"Déjame en paz. Lo digo en serio, Harry". Su voz parecía temblorosa en sus propios oídos cuando su confianza comenzó a fallarle: "Se acabó, hemos terminado. Déjenme a mí y a mi familia en paz ya, por favor".

Colgó sin querer escuchar más su mal humor.

Su teléfono zumbó en su mano sonando en silencio.

Lo miró hasta que dejó de sonar.

Recordó que le había pedido que la azotara una vez, y él lo intentó a medias, antes de decirle que ella no hacía nada por él y regresaron a la mamada regular y a la jodida rápida.

Eso era lo habitual.

El teléfono zumbó una y otra vez mientras caminaba sin rumbo.

Parpadeó con los ojos llorosos tratando de contener la angustia que sentía cuando un nuevo zumbido dejó de hacer que caminara sin rumbo e hizo que mirara el teléfono que tenía en la mano.

Un mensaje de texto apareció en la pantalla.

"Se acabó cuando diga yo que se acabó, perra. Estaré allí cuando llegues a tu casa esta noche, estúpido coño. Te arrepentirás de esto".

Respirando profundamente y temblando, supo que estaba en problemas.

Ella lo había visto así de enojado en un par de ocasiones y eso la había asustado.

Ella siempre había hecho todo lo posible para evitar su temperamento en el pasado al ceder a sus demandas.

Ahora él estaba más que enojado con ella y ella se disolvió en lágrimas.

Sabía que debía decirle a Robert, pero no quería enfrentarlo en ese momento.

Parecía tan distante y enojado esta mañana, así que ella fue y se subió a su árbol favorito para decidir qué hacer.

Harry estaba enojada con ella, ella entendía eso, pero Robert también estaba enojada con ella y ella no sabía por qué.

Ni siquiera le había saludado.

Podía decirles a sus padres que quería volver a quedarse en casa, encontrar un trabajo más cerca de aquí, recomenzar su vida posterior a la universidad una vez más.

"¿Qué harían si ella les dijera que tiene miedo de volver a su departamento, a la ciudad y su trabajo, a Harry y a Robert?", pensó sombríamente.

Ella estaría atrapada aquí en el medio de la nada otra vez.

Eso es lo que sucedería.

Susan hizo una mueca.

El viaje a Italia con su tía y su tío parecía su única buena opción en ese momento.

Se recostó contra el tronco del árbol y cerró los ojos, secándose las lágrimas con el borde de su vestido.

"Podría volar a Italia y comenzar una vida completamente nueva allí y olvidar todo este desastre que había creado".

Su padre apareció debajo del árbol.

"Baja Susy. Eres demasiado mayor para esconderte en ese viejo árbol".

"No quiero", respondió ella petulantemente.

"¡Susan Sánchez! Baja ahora mismo. Estábamos preocupados y la gente te está buscando". La voz de su padre era severa y no se le podía discutir. "Si actúas como una chiquilla, te trataré como a una".

Comenzó a descender lentamente y vio a Robert aparecer junto a su padre mientras colgaba de una rama baja haciéndola quedarse congelada, perder el equilibrio y caer bruscamente al suelo en un montón desordenado.

Su padre la ayudó a levantarse de inmediato y al notar los ojos rojos hinchados y la cara enrojecida dijo:

"¿De qué se trata esto entonces?"

Le tendió el teléfono y le mostró el mensaje.

"Tengo miedo de volver a mi departamento esta noche", y como si necesitara más explicaciones por estar en el árbol, agregó rápidamente, "Él tiene una llave del departamento".

"Entonces cambiaremos las cerraduras. Puedes organizar eso en la ciudad, ¿verdad, Robert?" Su padre la tranquilizó mientras la abrazaba. "Puedes quedarte aquí esta noche. Te llevaré de regreso mañana o al día siguiente una vez que esto esté resuelto".

"No", dijo Robert demasiado rápido. "No creo que esa sea la respuesta", continuó mientras se giraban para mirarlo.

Los consideró a ambos con ojos oscuros antes de finalmente hablar.

"Tal vez deberíamos mudarla a uno de los apartamentos de la compañía por un tiempo. Solo para estar seguros. Hay más seguridad allí y se evitaría cualquier escena si la busca más adelante ".

"Eso es muy generoso de tu parte, Robert, pero no podríamos pedirte que hagas eso", comenzó Paul lentamente, "Probablemente sea mejor que se quede en casa por un tiempo fuera de su alcance. Seguramente puedes evitar que trabaje unos días". "

"Tenemos mucho trabajo en la oficina esta semana, Paul. No estoy seguro de poder sobrevivir sin ella, se ha hecho indispensable. Hay un departamento vacío en mi edificio en este momento. Por lo general, solo lo usamos para clientes de fuera de la ciudad, así que no es un problema. Podríamos mudarla esta misma noche. Solo déjenme hacer algunas llamadas telefónicas y no tendrán que hacer nada ".

"No sé Robert. Me sentiría mejor si pudiera vigilarla yo misma. Eso me tranquilizaría un poco. ¿Qué te parece Susy?" Ella asintió tontamente, sorprendida por el giro de los acontecimientos.

Sin darle a Paul otra oportunidad de declinar, Robert tomó su teléfono y se alejó de ellos mientras hablaba.

"Todo estará bien mi pequeña Susy. No tienes que volver hoy, y tal vez sea mejor que te quedes aquí al menos una noche más".

La abrazó de nuevo y la acompañó con su madre de vuelta a la casa, diciéndole:

"Estaré contigo en un momento, mi amor", antes de seguir a Robert para hablar más sobre la situación.

Su madre la miro preocupada.

"Estoy bien, mamá. Así que diles adiós a tus amigos de formar adecuada. Voy a ir a ver a Alan y Anne antes de que se vayan".

Susan se apartó la mirada de preocupación y tristeza de su madre vagando para sentarse con sus amigos.

Alan extendió su mano hacia el teléfono.

"¿Puedo? Robert ha estado rumiando sobre ti y este teléfono toda la mañana. No creo que nunca lo haya visto tan claramente irritado".

Susan levantó la vista hacia su madre, que la había visto sentarse y comenzar a conversar al volver con sus propios amigos.

"Robert parece realmente enojado conmigo". Susan dijo en voz baja.

Alan tomó el teléfono y comenzó a desplazarse por los textos.

"Nos quedamos con Robert anoche", interrumpió Anne sus pensamientos, "Ha estado malhumorado toda la mañana. No creo que sea por eso que dices, cariño. Ha estado hablando con Carla para arreglar las cosas para el divorcio".

Alan se rió entre dientes mientras le devolvía el teléfono.

"Ese es un berrinche increíble, y ¿cuántos años dijiste que tenía?" Susan se sonrojó, "Es mejor que ahora me creas. Deja que Robert se encargue de ti y tu amigo. ¿Qué está haciendo allí?"

"Está volviendo mi mundo al revés otra vez. Estoy un poco preocupada por volver a mi departamento esta noche. Harry tiene una llave, así que creo que Robert está mudando todas mis cosas a un lugar nuevo. Así como eso, será algo que tendré que hacer todos los días. Creo que tendré que quedarme aquí esta noche y volver mañana a la ciudad ".

Alan se puso serio de repente.

"Es mejor no arriesgarse con un ego como el de Harry. No se lleva bien. Mudarse es una buena idea, probablemente también deberías comprar un teléfono nuevo. Iré a ver si puedo ayudar a Robert. No lo queremos que le pase nada a nuestra pequeña Susan ".

Anne sonrió y agregó: "No, no lo queremos", mientras Alan se alejaba.

Mirando a Susan, Anne bajó la voz.

"Y no creo que te permita quedarte aquí de nuevo esta noche. Robert ha sido como un oso enjaulado toda la mañana mientras él y Carla arreglaban algunas cosas para el divorcio para poder tener los papeles redactados de inmediato ", vio la sorpresa en el rostro de Susan, y se detuvo.

"Es solo que parece tan enojado conmigo esta mañana, y no sé lo que hice para poder remediarlo". Susan susurró.

"Tonta, te sigo diciendo que ninguno de nosotros lo ha visto actuar de esta manera. Él te adora. Todos pueden verlo. Tenerlo aquí donde no puede mostrarte cómo se siente o tratarte de la manera que quiere lo está matando". Ella sonrió, "Lo conozco desde hace mucho tiempo y nunca lo he visto ceder tanto a las necesidades de una chica. Dudo que pueda pasar media hora antes de que te recuerde quién sirve a quién".

Anne se rió cuando Susan se sonrojó, la idea de que la usara de nuevo sin restricciones la hizo retorcerse de miedo y anticipación.

Luego, en un susurro, Anne murmuró:

"Es agradable verlo al otro lado de la cerca, queriendo algo que no puede tomar".

Anne dejó escapar una carcajada que levantó el ánimo de Susan.

Susan miró hacia donde los tres hombres estaban hablando y haciendo llamadas.

Una sonrisa apareció en sus labios, y sabía que cada uno de ellos la amaba a su manera y solo quería mantenerla a salvo.

Quedarse sentada ociosamente preocupándose por lo que estaban haciendo solo la estaba poniendo más ansiosa pero no sabía qué hacer.

"No puedo simplemente sentarme aquí mirándolos cambiar totalmente mi vida". Susan miró tristemente a Anne.

"¿Qué tal esa vuelta que me prometiste anoche?" Sugirió Anne. "Necesitas ir a empacar tus cosas de todos modos".

"Está bien", Susan volvió a mirar al pequeño grupo de hombres, "pero sigo pensando que mi papá querrá que me quede en casa esta noche".

"Quiero hacer una apuesta sobre eso." Anne sonrió, "Bueno, solo déjame ir a decirles a los señores que vamos a dar una vuelta. Y no te preocupes de nuevo, vuelvo y me puedes mostrar la casa".

Terminaron el recorrido en la habitación de Susan para que ella pudiera volver a empacar su disfraz y su bolso.

Anne la abrazó.

"Todo estará bien, ya lo sabes. Robert no dejaría que te ocurriera ningún daño", y agregó riendo alegremente, "que él no lo diseñara por sí mismo, por supuesto. Estoy muy contenta de que Robert te haya traído a nuestro mundo. Es como tener la linda hermanita que siempre quise tener".

Susan le devolvió el abrazo.

"Creo que eso fue lo que Robert tenía en mente todo el tiempo. He comenzado a darme cuenta de que todo en esta semana se hizo por una razón, incluso la forma en que me convertí en su esclava", su mente se detuvo en sus pensamientos por un tiempo, un momento antes de soltar el abrazo y continuar, "y él no podría haber elegido una mejor amiga para mí. Eres increíble en cómo me ayudas".

Susan se mordió el labio y murmuró:

"Y no quiero pensarlo, pero, sin embargo, creo que planeaba que con Harry sucediera algo parecido este fin de semana ".

"Lo dudo y eso probablemente explica su estado de ánimo antes. Sin embargo, ha lidiado con gilipollas como Harry antes. Ha ayudado a algunas chicas que conozco con malas relaciones. Hay reglas en nuestro mundo sobre la seguridad y la cordura, pero aprenderás sobre eso pronto. Eso no va a cambiar lo que él siente por ti, cariño, y dudo mucho que te deje aquí con tus padres esta noche ".

"Quiere respuestas mañana". Susan suspiró profundamente.

Anne la miró preocupada:

"¿Respuestas sobre qué?"

"Si me quedaré con Robert como su esclava o si lo dejaré y todo lo que él me ha dado", Susan hizo una pausa. "La compañía, mis nuevos amigos ... estaría alejándome de todo y de todos, no solo de él".

"¿Te dio la opción? WOW, lo tienes mal". Anne miró la confusión en la cara de Susan y la bajó para sentarse en la cama. "Algunas chicas son chantajeadas o coaccionadas para estar en este estilo de vida, cuando no lo han encontrado por sí mismas. La mayoría elige quedarse porque encuentran un lugar al que pertenecen después del entrenamiento inicial, ya sea con un Maestro o en un club como el nuestro. Algunas chicas se van o se les pidió que se fueran porque no podían soportar el entrenamiento o eran imposibles de entrenar. Las pocas chicas que se quedan no por elección sino por culpa, miedo o no tener a dónde ir pueden ser buenas esclavas, pero nunca geniales porque no lo eligieron por sí mismas."

Susan escuchaba atentamente con su ceño fruncido ante el último comentario.

Anne le tomó su mano.

"¿Te sentiste un poco así, o lo hiciste al principio? ¿La culpa y la vergüenza de darte cuenta de que te gustaba el juego de Robert?"

Ella vio como Susan bajó la cabeza y asentía.

"Ah, cariño. Pero te dio la opción. No quiere que te quedes con él por miedo o vergüenza. Necesita que aceptes quién eres y quién es él para que puedas tener una relación más profunda que los haga felices a ambos. Debe querer cuidarte muy profundamente para arriesgarse a perderte así tan pronto sin completar tu entrenamiento ".

"Hay mucho que aprender y saber. No creo que alguna vez pueda aprenderlo todo y ser la esclava que él quiere". Susan se dio cuenta de lo triste que la hacía sentir eso.

"¡Eres lo que él quiere!" Anne sonaba frustrada. "El entrenamiento es solo eso, aprender habilidades. Una chica que elige la vida de ser sumisa a un Maestro pone su corazón y su alma en complacerlo, porque es lo que la hace ser quien es, en lugar de simplemente aceptar un papel en el que está entrenada, como las otras chicas. Para una verdadera sumisa, solo el simple acto de complacerlo le da placer. ¿Entiendes? El simple hecho de que quieras tanto complacerlo y de estar molesta por su estado de ánimo esta mañana te convierte en la esclava que él quiere y necesita ".

Una vez más, Susan asintió reconociendo las cálidas mariposas que la llenaban cuando él estaba complacido.

Pero se mordió el labio mientras tomaba conciencia de las palabras de su amiga en su cabeza antes de mirarla con los ojos muy abiertos, sorprendida por la simplicidad de la explicación de Anne y lo que significaba para ella.

Ella nunca había considerado que él corría el riesgo de perderla o que le importaría mucho si ella se fuera.

Ella asumió que él encontraría otra para satisfacer sus necesidades.

"Es rico, poderoso y guapo; muchas chicas con gusto serían suyas. Alguna de las chicas que ya tenían más entrenamiento que conocí. Parece que me equivoco tan a menudo. Como esta mañana, todavía no tengo idea de lo que hice mal".

"No hiciste nada malo. Sólo está celoso de Harry". Anne puso a Susan de pie y la arrastró hacia el espejo. "Mírate a ti misma, realmente mírate. Eres hermosa, eres sumisa, lo reconozcas o no. Lo demuestras en la forma en que tratas a las personas que te importan. Ya eres tan obediente y bien entrenada que aceptas sus decisiones sin siquiera cuestionarlas. Te tropiezas con el nombre de Robert aquí porque quieres llamarlo Maestro. Deja de torturarte a ti misma con dudas y acepta el hecho de que Robert no solo te quiere, sino que te necesita. Mírate a ti misma. Mírate y dime una buena razón para no quedarte con Robert y darle una oportunidad a lo que él te ofrece ".

Susan sonrió torcidamente.

"Todo es tan nuevo y no lo sé. Da un poco de miedo darle a alguien tanto control sobre ti. ¿Qué sucede cuando no funciona? ¿Estaría atrapada para siempre?"

"¿Crees que te encerrará en una jaula y nunca te dejará salir si te quedas con él? Mírame. Voy a fiestas. Me tomo un tiempo libre para ir a ver a mi familia y amigos. No es una temporada en la cárcel cariño, y él ya está tomando el control, como haría cualquier amigo o amante preocupado. No es que haga nada para sabotear tu vida deliberadamente, pero podría ser todo mucho mejor ". Le dio la vuelta a Susan y la abrazó de nuevo, "Robert no te haría quedarte con él si fueras realmente infeliz, porque de esa manera no podrías ser la esclava que él quiere. Él es un hombre realmente bueno, Susan, puedes confiar en él. Créame."

Susan se sonrojó y sonrió, con su mente trabajando, dándole vueltas a sus propios pensamientos.

Ella saltó cuando escuchó pasos en las escaleras.

"Será mejor que regresemos antes de que vengan por nosotras".

"Demasiado tarde." La voz de Robert sonó dura y quebradiza. "Tenemos que irnos pronto. Ve a ver a tus padres. Pondré tus cosas en el auto".

"No me quedaré aquí esta noche Mm ... ¿Robert?" Preguntó y Susan captó la risita de Anne y se sonrojó.

Robert la miró sombríamente.

"No. No te quedarás aquí una noche más", sus palabras fueron cortantes, "Necesitas estar donde yo pueda cuidarte".

Se giró para cerrar la bolsa, su expresión la preocupaba.

"Todo empacado", susurró.

Se acercó a ella y le levantó la cara por la barbilla buscando sus ojos.

"Eres mía ", afirmó.

"Si señor." Ella susurró y el cálido resplandor lentamente cobró vida en su vientre cuando las comisuras de su boca se inclinaron levemente en una sonrisa parcial.

"Buena chica", recogió la bolsa y la caja del disfraz y las condujo fuera de la habitación.

Los invitados ya se habían ido, Alan estaba con Paul, mientras Caty y Lucía hablaban en voz baja, juntas, tratando de no despertar al tío de Susan que se había acostado en el sofá.

Caty se acercó y la abrazó.

"Ahora", dijo su madre, "tan pronto como tengas un nuevo teléfono me harás saber el número. Tu padre quiere que te deshagas del tuyo. ¿Verdad, Paul?"

"Si mi amor." Paul le guiñó un ojo a Susan: "Y es bueno tener amigos. Ya tienes un apartamento nuevo. Robert te conseguirá un teléfono nuevo cuando vuelvas a la ciudad. No te preocupes, pequeña Susy", su padre la abrazó con fuerza, "Robert nos asegura que Harry no te molestará más, pero aún puedes quedarte aquí con nosotros esta noche si quieres".

"Gracias, papá. Me siento tonta ahora por haber hecho tanto escándalo. No debería haberlos preocupado y molestado tanto por una ruptura que debería haber sucedido hace años. Realmente lo siento, papá". Ella se apoyó en su abrazo.

"No me agradezcas. Si me pudiera salir con la mía, te mantendría aquí siempre, donde podría asegurarme de que estuvieras a salvo. Pero tienes trabajo y amigos a los que volver, ya que ellos", señaló a Robert y Alan, "hicieron todo para asegurarse de que estuvieras a salvo en la ciudad ", dijo Paul.

"Gracias amable señor, usted es mi héroe otra vez". Susan hizo una reverencia a Alan.

Alan señaló a Robert y dijo con una sonrisa:

"Él lo hizo todo. Sin embargo, me dejó mirar y estoy exhausto. Fue un trabajo tan duro".

"Postre de fresa extra para ti entonces", le devolvió su sonrisa contagiosa mientras Alan gritaba de alegría.

Susan se giró para mirar a Robert.

"Muchas gracias, no sé cómo puedo pagarte".

"Tengo algunas ideas", sonrió, "pero también puedes comenzar con un postre de fresa para mí".

"Conseguiré más. ¡No te vayas todavía!" Caty corrió hacia la cocina y todos comenzaron a caminar hacia los autos.

Caty salió con más cajas rosadas para los hombres y se volvió para mirar a Susan con ojos brumosos.

"Oh Paul, ¿no puedes hacerla quedarse aquí solo una noche más? Donde es más seguro".

"Caty, ya hablamos sobre esto. Ella tiene compromisos en el trabajo, una gran reunión mañana y necesita desempacar todas sus cosas que se le están cambiando de sitio". Paul puso su brazo alrededor del hombro de su esposa, "Me gustaría que ella se quedara también, pero ella tiene buenas personas que la cuidan, ella estará a salvo con ellos".

Caty olisqueó.

"¿Tienes un toallas limpias y ropa interior limpia, por si acaso?" ella siempre hacía estas preguntas cuando su hija salía de la casa todo el tiempo que Susan podía recordar.

Alan ahogó una risa cuando Susan se sonrojó.

"¡Oh mamá, para!"

Pero Caty estaba en el papel de sabiduría maternal:

"¿Has ido al baño? Es un viaje largo y no querrás hacer que Robert se detenga cada hora para que puedas evacuar. No, cuando ha sido tan bueno contigo".

"Si Mamá, he ido".

"Vuelve a ir de todos modos. Pueden esperar un minuto".

"Bueno", cedió, su rostro estaba en llamas.

"Yo también iré", sonrió Anne, "Mi madre me dice lo mismo cuando salgo de casa". Y se apresuró a alcanzar a Susan.

"Tengo una idea de cómo puedes pagarle a Robert", susurró Anne al oído de Susan.

"¿Solo con decirle que sí?" Susan rio.

"Bueno, eso es un hecho, pero se trata más de cómo decir que sí".

Anne procedió a instruir a Susan sobre cómo podía suplicarle a Robert por el collar, con minucioso detalle, mientras se turnaban para orinar y regresaban a la entrada.

Susan se había sonrojado con la descripción de la situación que le había dado Anne y todos la miraron con curiosidad mientras se acercaban a los autos.

Anne se echó a reír cuando los vio.

"Sólo fue habladurías de chicas".

Susan se despidió de sus padres, prometiendo llamar y subió al auto.

Anne y Alan habían salido primero.

"Deja ir a Susan". Paul advirtió a su esposa que se inclinaba hacia la ventana del auto, "o nunca llegarán antes de que oscurezca".

Caty se alejó del auto mirando a Susan con ojos llorosos advirtiéndole a Robert que la mantuviera a salvo.

Robert retrocedió lentamente por el camino de entrada y giró hacia la calle.

Susan saludó con la mano hasta que se perdieron de vista y se relajó en el asiento sintiéndose exhausta.

Robert pisó el acelerador y se apresuraron a adelantar a Alan y Anne aparentemente apurado por regresar a la ciudad.

Los ojos de Susan comenzaron a cerrarse por la falta de sueño mientras el motor la arrullaba y el campo se deslizaba a través de las ventanillas.

"Todavía no duermas", gruñó él.

"¿Qué fue lo que hice para enojarte tanto conmigo?" Ella susurró tentativamente: "Si lo sé, no cometeré el mismo error la próxima vez".

Él frenó de repente sacudiéndola hacia atrás en el asiento.

Salió de la carretera hacia un camino polvoriento sin usar y condujo cuidadosamente hacia abajo y alrededor de una curva.

Sin decir una palabra se estacionó entre un pequeño grupo de árboles.

Él salió del auto y caminó alrededor abriendo la puerta y la sacó bruscamente.

Sin esperar a que se pusiera de pie, la arrastró hasta la parte trasera del auto y abrió el maletero.

Inclinándola hacia adelante sobre el borde, la sostuvo en así con sus muslos mientras abría un maletín colocado al costado de su equipaje.

Trabajando con urgencia, la amordazó, con una bola de goma roja metida en su boca mientras la ajustaba firmemente en su lugar.

Él recogió un pequeño látigo y dio un paso atrás levantando su vestido sobre su espalda.

El látigo aterrizó con un fuerte crujido contra sus nalgas desprotegidas, el moratón se elevó de inmediato y le llenó en su necesidad de dominarla.

Él escuchó sus gemidos amortiguados por la bola mientras el látigo aterrizaba dos veces más en su trasero antes de moverse hacia sus muslos, donde el látigo aterrizó dos veces.

Estaba gimoteando contra la mordaza cuando él se detuvo para examinarla.

Ella estaba jadeando con su cuerpo agitado y las lágrimas corrían de sus ojos cuando él se inclinó sobre ella y gruñó en su oído.

"No estaba enojado contigo. No estaba contento de que le importaras a ese pequeño bastardo. Él no te estaba dando por vencida, pero ahora eres mía para amarte y apreciarte. ¿Entiendes? Mía para cuidarte y protegerte, mía para mantener a salvo y mía para entrenar y usar ".

El chasquido del látigo en sus muslos la hizo estremecerse de dolor mientras ella asentía con la cabeza y él lanzaba el látigo de nuevo contra el trasero.

"No te escondes en los árboles. Confías en mí para manejar estas situaciones. Es mi responsabilidad cuidarte y mantenerte a salvo. ¿Por qué no confías en mí?"

Ella trató de hablar alrededor de la pelota, pero llegó como gemidos amortiguados.

Su mente se había aferrado a la palabra amor como si fuera la pieza faltante en toda esta semana.

Lo vio recoger un tapón y lubricante del maletero.

Él separó sus temblorosas nalgas y goteó el gel sobre ella.

"Échate hacia atrás y mantente abierta". Exigió, usando un dedo para cubrirla a ella y al tapón.

Ella extendió la mano hacia atrás con manos temblorosas, para separarse sus nalgas punzantes.

Metiendo el dedo en su apretado agujero, lo bombeó hacia adentro y hacia afuera varias veces más, sintiendo sus músculos protestar contra el dedo intruso.

Sus sonidos apagados hacían que su polla se pusiera aún más dura.

Viendo que ella ya estaba lista para este tapón más grande, él retiró la mano y presionó el tapón contra ella.

Ella dejó escapar un gemido, luchando y respirando pesadamente cuando lo sintió empujar con fuerza contra sus músculos resistentes.

Sus ojos miraban cautivados mientras el ano se abría dando paso al tapón que la estiraba dolorosamente.

Lo sacó para ver el agujero abrirse por unos momentos, apretando los músculos para cerrarlo antes de presionar el tapón nuevamente dentro de ella forzándolo profundamente.

Ella gimió cuando él la llenó, sus manos se quedaron en sus mejillas cuando finalmente se le asentó, sus músculos apretándose alrededor del extremo cónico.

Robert rápidamente deslizó un cinturón alrededor de su cintura y luego ató una correa larga al frente abrochándolo en su lugar.

Tomando un pequeño vibrador, jugó un poco con ella ligeramente antes de insertarlo en su coño caliente y húmedo.

Tiró de la correa desde el frente, apretándolo ligeramente entre sus pliegues para frotarlo contra su clítoris mientras se daba la vuelta para colocar bien el otro juguete que la excitaba.

Él lo aseguró al cinturón abrochándolo en el lugar adecuado en la parte baja de la espalda.

La puso de pie sobre sus piernas temblorosas y alcanzó detrás de su cuello para desabrochar la blusa sin mangas que llevaba y dejarla caer de sus senos.

Mirándola a la cara gimoteante, él pellizcó y retorció sus pezones, con la mordaza amortiguando sus gemidos mientras él sostenía sus ojos.

Forzándola a ponerse de rodillas, Robert miró hacia abajo con pura alegría:

"Una pequeña zorra tan hermosa, ese pequeño bastardo no se dio cuenta del premio que tenía. Ahora me perteneces".

Se inclinó sobre el maletero del coche para recuperar el látigo y lo lanzó contra sus senos.

Tres ronchas rojas se alzaron espectacularmente sobre su piel blanca.

Arrojando el látigo dentro del maletero de nuevo, Robert se desabrochó los pantalones y sacó su polla acariciándola lentamente.

Después acarició con ella las mejillas de Susan manchándolas con precum.

Susan respiró hondo y temblorosa cuando él le quitó la mordaza.

Ella tembló debajo de él por el lento vibrador dentro de ella haciéndola sentir el tapón más intensamente.

Abriendo su boca para él, envolvió sus labios con fuerza alrededor de su polla cuando la colocó en su lengua.

Él le llenó la boca cuando ella chupó agachándose para enredar sus manos en su cabello.

Ella amordazó y gorgoteó, largos mechones de baba colgando de su barbilla y aterrizando en sus senos enrojecidos mientras chupaba con fuerza para él.

Él comenzó a follarle la boca en serio hasta su garganta, sintiéndola tragar a su alrededor y medio atragantarse.

En voz alta, gruñó:

"Así, mi pequeña zorra".

Sus manos se apretaron en su cabello y sosteniéndola en su lugar mientras la movía dentro y fuera de su boca y garganta.

Su mente estaba tambaleándose de placer con la sensación.

Era intenso por las ronchas y por los tres agujeros llenos.

Su clítoris se frotaba con fuerza contra la correa de cuero con cada movimiento.

Ella temblaba de calor y necesidad, flotando entre el dolor y el placer cuando él salió de su garganta y gruñó en voz baja:

"Córrete mi pequeña zorra", empujando la pelota desde la mordaza hacia su boca, y rociando un chorro tras otro chorro de esperma en su cara mientras ella gemía a la mordaza.

Ella arqueó la espalda con cada músculo de su cuerpo rígido mientras se levantaba con fuerza.

Las cuerdas de su esperma caliente goteando por su rostro mientras exudaba sus propios jugos alrededor del vibrador, sintiendo que cubría sus muslos.

Su cuerpo se convulsionaba de placer y dolor, el vibrador zumbaba bajo y mantenía ola tras ola rodando a través de ella.

Robert le acarició el pelo.

"Buena chica".

Él le quitó la pelota de la boca, dejándola que respirara hondo y volvió al maletero.

Cerrando el arcón, había sacado una manta de picnic y fue a cubrir el asiento del auto para ella.

Reclinando en el asiento para la mayor parte del camino, regresó y recogió a su esclava temblorosa y agotada, depositándola de nuevo en el auto sobre la manta.

Apagó el vibrador que mantenía su cuerpo al borde del temblor y aseguró sus manos bajo la tira del cinturón de seguridad advirtiéndole que no las moviera.

Una vez que estuvo enganchado el cinturón de seguridad en su sitio, limpió suavemente las gotas más grandes de semen de su cara y volvió a colocar su blusa en su lugar, disfrutando de la vista de las líneas rojas visibles alrededor de la blusa sin mangas.

Caminando alrededor del auto, subió al lugar del conductor para arrancar el motor y conducir lentamente de regreso a la carretera principal.

Él le sonrió.

"Ahora puedes dormir mi pequeña esclava encantadora".

Sus ojos se posaron en él mientras susurraba:

"Gracias, Maestro".

Luego los cerró permitiendo que sus pensamientos giraran nuevamente tratando de recordar sus conversaciones de ayer y de esta mañana.

Mucho había sucedido.

Le dolía el cuerpo con un dolor persistente y podía sentir que se le secaba la cara y los muslos.

"Sí", pensó, "Soy su puta".

Ella todavía se maravilló de la forma en que su uso áspero le excitaba y le emocionaba a su mente y cuerpo, estaba saciada y exhausta.

Pensó en Harry, la había llamado extraña, puta, ninfómana.

Simplemente no había entendido qué era lo que ella quería y necesitaba.

En cambio, ella había soportado su egoísmo y atendido a sus necesidades.

Harry siempre había sido exigente, pero a ella le gustaba que él pareciera tan confiado todo el tiempo, mientras que ella estaba constantemente plagada de indecisión.

Se quedó dormida comparando a Harry con Robert, confiados y exigentes, pero Robert parecía comprender no solo lo que la impulsaba, sino también lo que necesitaba incluso cuando no lo comprendía.

Robert observó a Susan dormir mientras conducía.

Casi la había perdido hoy.

Casi tuvo que convencer a Caty de que no la mantuviera en casa hasta que se solucionara el desorden, y parecía que ella quería quedarse en casa con la relativa seguridad de allí.

Su estado de ánimo se oscureció con sus pensamientos:

"No quería retenerla contra su voluntad, secuestrarla, encerrarla y cambiarla. Tenía que hacer que ella aceptara que le pertenecía a él, que le pertenecía a él".

Apartó los ojos del camino para mirarla de nuevo.

Sonrió, estaba cubierta de semen y algunas ronchas rojas, y dormía tranquilamente.

Ella diría que sí cuando llegara el momento, se tranquilizó, era su naturaleza y quién era ella en su corazón.

Era una pequeña zorra masoquista y lo necesitaba tanto como él la necesitaba a ella.

Él estaba seguro de ello.

Se apresuró hacia su lugar seguro sabiendo que ella estaba allí con él ahora, después que esta mañana todo casi se había salido de su control debido a ese pequeño bastardo de Harry.

"Mía", dijo en voz alta. "Eres mía".

A unos treinta minutos de llegar a los límites de la ciudad, entró en una estación de servicio para rellenar el depósito.

Ella estaba profundamente dormida y él se inclinó hacia la parte trasera del auto para recuperar su chaqueta y cubrirla.

Metiendo la mano debajo de la chaqueta y su vestido, giró la base del vibrador para que vibrara lentamente y salió del auto.

Comenzó a llenar el tanque observándola a través de la ventana abierta.

Despertó lentamente ronroneando, mientras las sensaciones la llenaban y rodó un poco estirándose antes de que sus ojos se abrieran, y jadeara.

Miró a su alrededor en pánico y su respiración aumentó hasta casi gemir mientras levantaba la cabeza para buscarlo.

Él sonrió mientras se inclinaba hacia la ventana trasera.

"Acuéstate pequeña, todavía no estamos en casa".

Él la vio reclinarse más tranquila y morderse el labio inferior nerviosamente mientras un rubor se deslizaba por sus mejillas.

Terminó de llenar el tanque y devolvió la bomba a los bombines antes de abrir la puerta para inclinarse hacia el automóvil.

"¿Necesitas beber algo? ¿Algún caramelo? Además de eso ..." él extendió la mano hacia entre sus piernas para recalcar la idea.

Ella sacudió la cabeza mordiéndose el labio antes de susurrar sin aliento.

"No, Maestro".

"Entonces quédate quieta, pequeña. Volveré en un momento".

Se fue, seguro de sí mismo, sabiendo que este era un lugar apartado y se tomó su tiempo seleccionando bebidas y bocadillos antes de pagarle al empleado.

Regresó al auto y se deslizó en el asiento del conductor.

"Estaremos en casa en una hora más o menos, mi pequeña zorra caliente", le quitó la chaqueta y la arrojó al asiento trasero, encendió el auto y salió a la carretera.

"Sí, Maestro", ella estaba jadeando mientras su cuerpo se llenaba de calor y necesidad.

Aceleró manteniendo el auto a una velocidad manejable no demasiado alta.

Mantuvo sus ojos en el camino que conducía a través de los sinuosos caminos que conducían por la autopista hacia la ciudad.

Quitando una mano del volante, la extendió y jugó con su pezón antes de girarlo cruelmente.

"Por favor Maestro", jadeó.

"Por favor, ¿qué, mi esclava?" él sonrió.

Ella cerró los ojos y tragó ruidosamente.

El vibrador tocaba dentro de ella haciendo que el tapón demasiado grande en su trasero fuera algo doloroso nuevamente.

Él torció su pezón nuevamente y ella gimió:

"Por favor. Oh, por favor Maestro, yo ... necesito ..."

"Todavía no, mi pequeña esclava necesitada".

Él le quitó la mano y se dirigió hacia una carretera de montaña mientras ella le rogaba que lo aliviara.

Él sonrió y una vez que estaban en una carretera más recta toqueteó el cuero que jugaba con su clítoris.

"¿Que necesitas?"

Era demasiado tarde, la mano que había bajado sobre ella la envió al borde y ella gritó cuando le llegó el clímax.

Su pequeño cuerpo se agitó y se sacudió dentro de la faja.

Apagando el vibrador, volvió a poner las dos manos en el volante esperando que ella se calmara.

Él la vio levantar una mano levemente.

"Baja la mano, Susy".

Ella gimió y lo miró.

"Si señor."

Ella se retorció para sentirse cómoda, su cara tembló mientras se movía, el semen residual cayó y bajó hasta la boca, arrugó la nariz y volvió a cerrar la boca.

Él le sonrió.

"Puedes enderezar el sillón y sentarte bien ya, estamos en la carretera principal. Pronto estaremos en casa".

Ella tiró de la palanca y se sentó bien mientras se aseguraba las correas del cinturón de seguridad alrededor de cuerpo.

Se retorció incómoda mientras el cinturón mantenía los juguetes metidos dentro de ella profundamente y rozaba su clítoris inflamado y sensible.

Se llevó las manos a la cara para limpiársela y, mirándola, él sonrió.

"Te ves hermosa, mi Susy. Baja las manos".

Ella puso sus manos en su regazo y él extendió la mano y la sostuvo mientras descansaba sobre su muslo.

Ella respiró profundamente el calor de su mano viajando hacia la de ella mientras el gesto romántico la excitaba tanto como su uso áspero.

Se recostó contra el asiento y una pequeña sonrisa tocó sus labios.

"No estaba enojado contigo esta mañana", murmuró él en el silencio.

Ella lo miró sorprendida.

Su mente se aceleró, quería decir: 'Bueno, ¿por qué no me saludaste, besaste, abofeteaste o algo antes de pasarme ese teléfono de forma tan horrible?'

En cambio, ella solo lo miró, preguntándose qué era lo correcto para decir.

"Te usaré, humillaré y empujaré a hacer cosas que no has considerado antes, pero ..." hizo una pausa, "atesoraré tu obediencia y aunque pueda empujarte no te forzaré más allá de tus límites. Quiero explorar y encontrar esos límites ".

Se giró para mirarla al ver su expresión confundida.

"Puedes decirme que no, si te pido demasiado, en tu entrenamiento", le apretó la mano.

Susan no había dicho nada mientras él hablaba, entendió lo que dijo y le pasaron ideas por la mente: "Había límites. Ella podría decir que no. Le importaba lo que ella pudiera soportar".

Su mente revoloteó sobre las palabras.

La idea de decirle que no a él parecía un concepto tan extraño ...

Ella soltó una pequeña risita al darse cuenta de que a pesar de todo lo que hablaba y pensaba si quedarse con él, realmente no había pensado en decir no como algo realista, como una opción.

"¿Te parece gracioso, Susy?" murmuró él.

Ella le sonrió.

"Hasta este momento nunca había considerado que decir que no era una opción. Has pedido obediencia una y otra vez. Ahora encuentro que puedo decir que no. Me hizo reír porque parece muy contrario a todo el entrenamiento que me durante esta semana ".

"Decir que no, es solo un último recurso si no puedes soportar algo en tu entrenamiento. Se espera obediencia en todo momento. No dirás que no como una mocosa malcriada cada vez que lo desees, Susy, o te trataré como una mocosa malcriada y ese lindo y pequeño trasero tuyo tendrá un tono permanente de rojo ".

La idea tenía cierto atractivo y sonrió antes de explicar más.

"Hay límites a lo que cualquiera puede soportar y se sufren daños de algún tipo si van más allá de ellos. Necesito saber que me dirás que no cuándo estés en un límite para ti. Cuando algo sea demasiado humillante, demasiado doloroso o simplemente demasiado difícil de soportar, tendrás una palabra segura o harás una señal para avisarme. Eres mi posesión más preciada. No quiero dañarte sin remedio". Él le apretó la mano.

Él se rió.

"Y tal vez yo también necesite una palabra segura si me vas a hacer soportar más fines de semana como este otra vez".

Ella se rió con él.

"No pensé que pudiera obligarte a hacer nada, Maestro".

Él la miró seriamente.

"Puedo ser un Maestro exigente y controlador, pero te adoro, mi Susy. Lo que me das de ti misma, tu obediencia y devoción es un regalo que atesoro más que todos los demás. Podría sorprenderte lo que tú podrías pedirme y qué haría por ti ".

Su última oración sonaba maravillosa en sus oídos, pero estaban hablando tan sinceramente mientras conducía que decidió que era el momento de discutir sus dudas sobre quedarse con él.

"¿Qué pasa si no puedo ser el tipo de esclava que quieres? Quiero decir, realmente no sé cómo lo haré y veo todos los errores que he cometido esta semana. ¿Seguirás entrenándome y aún querrás tenerme contigo si yo fallo?"

"Tú, Susy, ya eres la esclava que quiero. Todo lo que tienes que hacer para ser verdaderamente perfecta es confiar en mí. Confía en que te cuidaré y que resolveré cualquier problema que tengas como esta mañana. Confía en que te amo y nunca haré que se permita que te llegue un daño real. Debes confiar en mí, mi pequeña, es esencial para un Amo y una esclava ".

Se mordió el labio en silencio, pensando en lo que él había dicho y eso se identificaba mucho en lo que Anne le había dicho antes.

"Háblame pequeña", animó Robert mientras cruzaban el río hacia el centro.

"Esta semana ha sido tan ..." agitó la mano tratando de encontrar las palabras correctas, "tan diferente, tan emocionante, tan confusa, tan ..." se rindió y volvió a morderse el labio por un momento. "Es mucho para asimilar y comprender. Estoy abrumada y ahora me has dado esta opción".

"Por mucho que quiera tomar esa decisión por ti, no lo haré. Es importante para mí que aceptes lo que significa estar conmigo. No se trata solo del sexo, aunque disfrutaré usándote a menudo, estoy pidiéndote que te comprometas conmigo y asumas mi opinión en todas las áreas de su vida, amigos, familia, trabajo, donde vives, incluso cómo te ves. Necesito que me entregues ese poder confiando en mí para saber qué te gusta y qué no te gusta. Ese es el respeto que quiero."

Dejó de morderse el labio cuando apareció el edificio de la empresa delante de ella.

"Todas las parejas difieren entre sí de alguna manera, especialmente cuando están comprometidas o casadas", reflexionó en voz alta, "pero si encontramos un límite, ¿podríamos discutirlo? Quiero decir dijiste que podría decir que no si creía que no podía hacer algo".

"Sí", dijo con cuidado, "pero no esperaría que suceda a menudo".

Se detuvo frente al edificio y la miró mientras el valet se acercaba.

"Obediencia, pequeña esclava, harás lo que yo quiera, cuando quiera, y como quiera".

Ella asintió y sonrió suavemente.

"Sí, Maestro".

La puerta de su auto se abrió, sacó las piernas y se enderezó agradeciendo al valet que dio un paso hacia la acera.

Robert apareció a su lado, dándole las llaves al valet.

"Hay algunas cajas y bolsos en el maletero ¿puedes llevarlos a mi departamento, por favor?".

Susan sonrió al sentir que Robert le pasaba la mano por la nuca posesivamente, como siempre hacía al entrar en este edificio.

Se tranquilizó al pensar en el club de abajo y en el tipo de personas que vivían en los pisos superiores, especialmente porque sabía cómo debía verse en ese momento.

Se sonrojó y caminó con la cabeza baja mientras unas pocas personas saludaban a Robert en su camino al elevador preguntando si lo verían en el club esta noche.

"Tal vez para cenar, pero primero tengo algunas cosas que atender".

Susan podía escuchar la sonrisa en su voz cuando entró agradecida en el ascensor fuera de la vista de los curiosos amigos de su Maestro.

Su mano se movió alrededor de su cuello para agarrar su garganta mientras se inclinaba y la besaba profundamente dejándola sin aliento y temblando.

Ella apretó con calor los juguetes que todavía llevaba puesta y le recordó profundamente cuán excitada estaba, cuando las puertas del ascensor se abrieron al llegar al piso.

El calor dentro de ella viajó a su cara y la puso muy roja mientras un grupo de gente les estaba esperando a la salir del ascensor.

"Está hecho", uno de los hombres se acercó a Robert, "el agente de la inmobiliaria nos dejó entrar y nos llevamos todo. La mayor parte de los muebles se ha llevado a un casillero de almacenamiento. Te enviaré los detalles y la llave mañana por la mañana. Ese tipo encontrará un lugar vacío si entra allí. Y el agente estaba cambiando las cerraduras cuando nos fuimos de todas formas".

"Gracias, Jonathan, realmente lo aprecio. Esta es mi Susy, le has ahorrado mucha ansiedad. Probablemente pensará en ti como su héroe ahora y te ofrecerá una recompensa. Alan recibió un postre de fresa anoche por defenderla". Robert se rio fácilmente.

Susan con voz dulce susurró:

"Muchas gracias, señor, y sí, yo misma le prepararía un lote si quisiera".

Jonathan sonrió.

"De nada, pequeña. No hay postre para mí, pero estoy seguro de que podremos pensar en algo".

Su sonrisa se convirtió en una risita y extendió la mano para pasar un dedo sobre una de las ronchas que se desvanecían en su pecho.

Robert sonrió.

"Irresistible, ¿no? Ven a la oficina mañana a las doce. Almorzaremos y encontraremos una recompensa adecuada para un héroe como tú".

"Muy bien, eso suena bien. Mejor llevo estos muchachos al club antes de que piensen que me he fugado con ellos".

Jonathan sonrió y silbó bruscamente.

Varias mujeres y hombres aparecieron.

Jonathan señaló el ascensor y partieron sin decir una palabra, aunque parecían estar observándola y ella se sonrojó más al saber cómo se veía.

Jonathan le guiñó un ojo a Susan.

"Te veo mañana entonces".

Las puertas del ascensor se cerraron y Susan miró a Robert sin sonrojarse en absoluto mientras recordaba la última vez que su Maestro le pidió que agradeciera a alguien adecuadamente.

Ella se estremeció de calor y anticipación.

"Aquí", dijo mientras la conducía a un extremo del corredor y abrió la puerta, "es donde la pequeña princesa vivirá oficialmente". La dejó entrar para que mirara a su alrededor. "Mamá y papá pueden visitarte aquí o cualquiera de tus amigos fuera de nuestro estilo de vida.

Se paseó por el departamento.

Todas sus cosas de su departamento habían sido trasladadas aquí aparte de los muebles.

Encontró toda su ropa, fotos y decoraciones en su lugar como ella siempre había vivido en la ciudad, no parecía que se hubiera mudado.

Realmente era el departamento de una princesa, todo rosa y blanco con un fuerte motivo floral muy parecido a su habitación en casa.

Robert la había seguido desde la distancia dejándola mirar todo.

En su tocador encontró una pequeña tiara y un teléfono nuevo, ella lo miró y dijo:

"Muchas gracias. No sé qué más decir."

"Sí, sí", respondió Robert "pero hay más que debes ver antes de hacerlo".

Él la tomó de la mano y la condujo desde la habitación de las princesas hasta la puerta de su departamento, al otro lado del pasillo.

Él se colocó detrás de ella mientras ella estaba parada en la puerta.

Rápidamente le desabrochó el vestido y dejó que se cayera alrededor de sus pies.

Pasó su mano sobre la correa de cuero entre sus piernas sintiendo su calor húmedo y hablando suavemente en su oído:

"En el otro extremo de este corredor eres una princesa, pero aquí serás como una mascota. Serás entrenada y expuesta a una variedad de torceduras y fetiches. No entrarás andando en la habitación de las mascotas. Te arrodillarás o gatearás a menos que se te indique lo contrario ".

"Si señor." Susan dijo en voz baja y saltó cuando las puertas del ascensor se abrieron de repente y el valet apareció con las cajas y las bolsas en un pequeño carrito, dejándolos en la puerta del departamento de Robert antes de desaparecer nuevamente.

El rubor coloreó su cuerpo cuando él pasó su mano sobre sus caderas empujando hacia abajo.

Luego dio un paso atrás, retirando la mano de ella.

Obedientemente, Susan se bajó para arrodillarse.

"Buena chica."

Él abrió la puerta y le dio unas palmaditas en el trasero para impulsarla hacia adelante.

Pulsó el interruptor de luz que iluminó la habitación con un cálido resplandor dorado para que ella pudiera verlo todo.

"Es aquí donde se te entrenará la mayor parte del tiempo. Aquí serás mi mascota, mi puta, mi juguete para jugar. Es aquí donde encontraremos lo que te trae éxtasis y también dónde están tus límites. Es aquí donde podrás utilizar las palabras y señales seguras de las que hablamos ".

Susan miró a su alrededor con los ojos muy abiertos a todos los muebles y equipos extraños.

La incitó más.

"Ve a explorar".

Se arrastró lentamente con el cuero frotando más profundamente en ella por esta posición haciéndola gemir un poco.

Había varias jaulas diferentes en la habitación, una canasta pequeña acolchada, como de mascotas, pero lo suficientemente grande como para que una mujer se acurrucara, mesas y sillas de aspecto extraño, bancos acolchados como el que tenía en el dormitorio de la oficina y en un rincón encontró una gran caja de arena.

Su mente se tambaleaba y su nariz se arrugaba.

Regresando a la canasta acolchada para mascotas, se arrodilló en la suavidad de los cojines y miró las paredes del entorno.

Cuerdas, cintas, arneses y bridas colgaban junto a una gran variedad de collares y correas.

Una pared contenía armarios, que Robert estaba abriendo ligeramente para que ella pudiera ver las paletas, látigos y el equipo de cuero que usaría para marcar su cuerpo y hacerle sentir dolor, así como los juguetes con los que jugarían.

La pared final contenía estantes que rebosaban de botas y ropa de una variedad de materiales: caucho, látex y pieles.

Entonces lo miró y supo que confiaba en él.

Ella ya no tenía miedo de nada de esto.

Por el contrario, estaba emocionada por eso y quería aprender más, conocer sus límites y los de él.

La idea de volver al mundo normal del sexo oral a medias y una follada rápida donde ella no disfrutaba ya no era muy atractiva.

Pero ¿podría ella entregarle su vida, darle el control total que ansiaba más allá del excitante, aunque duro, sexo?

Ella continuó mirándolo mordiéndose el labio.

Este fin de semana había borrado casi todos sus miedos y, si era honesta consigo misma, esta mañana, cuando él no había estado allí, sabía que había necesitado que él estuviera.

Hablando con Anne y luego con él en el auto, parecía encontrar límites dentro de los cuales podía vivir o al menos intentarlo.

No estaría atrapada como una prisionera, y podría decir que no si algo fuera demasiado para ella.

Ya no estaba casado, por lo que todo podría funcionar en ambos mundos eventualmente.

Anne tenía razón, y al pensar en los últimos consejos que Anne le había dado mientras lo observaba volver sobre sus pasos cerrando armarios y puertas, sabía que ya había tomado la decisión.

Susan se arrastró desde la especie de canasta para mascotas hacia el hombre que la conocía tan bien y se arrodilló ante él cuando él se detuvo para mirarla.

Ella tembló un poco y respiró hondo, sabiendo que no iba a decir todo lo que Anne le había dicho, pero recordando lo suficiente como para hacer que fuera sincero y espontáneo.

"A veces", comenzó en voz baja y temblorosa, "lo que parece rendirse no es rendirse en absoluto. Se trata de lo que está sucediendo en nuestros corazones y en nuestras mentes. Acerca de ver claramente cómo es la vida y aceptarla y ser fiel a ella, sea cual sea el dolor, porque el dolor de no ser fiel a quién eres es mucho mayor ".

Lo miró, su rostro era ilegible y tembló más mientras continuaba con la cita que Anne le había dado.

"Elijo a un hombre que reta mi fuerza. Que me exige mucho. Que no duda de mi coraje o mi dureza. Que no me cree ingenua o inocente. Que tiene el coraje de tratarme como una mujer".

Sus ojos la miraban mientras ella hablaba y su voz comenzó a romperse en su ansiedad.

"Acepto y entiendo quién eres y lo que me pides y te ofrezco el regalo de mi sumisión y confío en ti para que lo aprecies y lo mantengas cerca de tu corazón. ¿Puedo llevar tu collar Maestro para mostrar a todos los demás a quién pertenezco?"

Hubo un largo silencio y finalmente bajó los ojos.

¿Lo había hecho mal? ella se preocupó por sus palabras entonces.

Se había arrodillado en exhibición abierta y disponible, había tratado de recordar todo lo que necesitaba decir, ¿por qué la miraba sin decir nada?

Se mordió el labio tratando de contener las lágrimas que sentía en sus ojos.

«Había cambiado de opinión», el pensamiento la hirió profundamente.

Él se agachó y apretó el pelo de ella para ponerla de pie y luego sobre los dedos de los pies mientras ella gemía suavemente.

"Mírame", dijo su voz llena de emoción.

Ella inclinó sus ojos hacia los de él.

"Nunca he querido nada más en mi vida de lo que quería poder escuchar esas palabras de ti. Usarás mi collar", le rodeó la garganta con la mano, "alrededor de tu hermoso cuello, pero primero", gruñó, "tomaré lo que es mío para que entiendas que cada centímetro de ti me pertenece ahora ".

Ella tembló de miedo y anticipación.

Se volvió y se dirigió hacia una barra acolchada llevándola por el pelo detrás de él.

"Quédate así", dijo mientras la inclinaba sobre la barra.

Abrió un armario y agarró algo que estaba dentro de él.

Le desabrochó el cinturón y casi lo arrancó de su cuerpo.

El vibrador cayó al suelo brillando con humedad.

Golpeándole el culo gruñó.

"Abierto".

Balanceándose precariamente sobre los dedos de los pies, Susan extendió la mano y se separó las nalgas mientras escuchaba su ropa caer al suelo.

Ella giró la cabeza con ganas de verlo, pero casi perdió el equilibrio.

Ella gimió suavemente mientras él le abría los muslos.

Colocando sus manos en la parte baja de su espalda, golpeó su polla en su apretado agujero mojado deleitándose con su grito de sorpresa.

Él la bombeó varias veces con fuerza hasta que ella lo tomó todo y gruñó de placer.

Sosteniendo profundamente dentro de ella, sus dedos buscaron el tapón.

Sintió el goteo de aceite cubrir sus nalgas y la hendidura entre ellas cuando él empujó y tiró del tapón dentro de ella, haciéndola gemir y jadear más fuerte.

Él sacó el tapón de ella insertando sus dedos en el agujero abierto, abriéndolo más y goteando el aceite fresco en ella.

Podía sentir su polla temblar dentro de ella mientras bombeaba sus dedos en su pequeño agujero más apretado.

Estaba tan excitado por esta chica que finalmente era verdaderamente suya.

Su aceptación de él y de su lugar en su vida había alimentado su deseo de dominarla por completo.

Él observó hipnotizado, mientras su trasero se abría y se hacía accesible.

La trabajó abriendo aún más los músculos tensos con los dedos, cubriéndola con aceite hasta que no pudo contenerse más.

Sacándola de su coño, levantó su polla hasta el culo.

Él la sintió ponerse rígida cuando se dio cuenta de su intención y le abofeteó la nalga gruñendo, "relájate".

Susan respiró profundamente y se estremeció e intentó relajarse, pero su mente le gritaba: "¡Su polla es demasiado grande! ¡Te partirá por la mitad!"

Se mordió el labio con fuerza y cerró los ojos, el miedo y la adrenalina alimentaban su excitación.

Ella le había dado este poder y abrumaba sus sentidos cuando lo sintió empujar lentamente.

Susan chilló cuando la cabeza apareció más allá de su anillo anal apretado, sus músculos instintivamente empujaron su polla.

Ella relajó el empujón al sentir que él se movía más dentro de ella.

Haciéndola empujar contra él nuevamente, sus propios músculos ayudaban a la polla a hundirse cada vez más en el agujero apretado.

"Joder ..." Robert gimió porque estaba tan apretada que casi le dolía, pero él se deleitaba con sus jadeos mientras se abría paso profundamente en ella. "Sí, zorra, usa esos músculos".

Él le dio otra palmada en el trasero y la empaló profundamente mientras su grito cantaba en la habitación.

Manteniéndose quieto, gruñó profundamente mientras sus músculos apretados y tensos le ordeñaban la polla.

Extendió la mano y la levantó por el pelo inclinándola hacia atrás.

"Dilo de nuevo", rugió, "Ruégame ser mi esclava. Ruégame que deje use mi collar".

Sus palabras salieron en sollozos y gemidos mientras él permanecía encerrado dentro de ella sin moverse.

"Te ofrezco ... tu ... mi sumisión total ... por favor ... ¿puedo ... usar ... tu collar ... Maestro".

Robert extendió la mano debajo de ella y rodó su clítoris entre sus dedos con brusquedad.

"Córrete, mi esclava. Córrete ahora".

La sintió tensarse y correrse haciendo que sus músculos se contrajeran alrededor de su polla y dejó ir su propia necesidad inundando su interior.

Robert le soltó el pelo y la dejó que disfrutara su clímax tembloroso sobre la barra y él se retiró lentamente de ella.

La vista de su enorme agujero cerrándose lentamente mientras se filtraba su semen por él estaba encendiendo su necesidad por ella otra vez, pero él tenía otros planes para esta noche.

"Eres una puta tan caliente".

La levantó y sacó su cuerpo aún tembloroso de la habitación.

Él la llevó de vuelta a su departamento colocándola suavemente en el baño y abriendo el agua para un cálido lavado.

Colocando una toalla en el borde de la bañera para que amortiguara su cabeza, él le sonrió.

"Relájate, Susy", vertió algunas sales de olor dulce en el agua del baño, "descansa aquí por un rato y así te dolerá menos".

Le dolía todo el cuerpo, pero la incomodidad que sentía en el culo se la fue calmando lentamente el agua tibia.

Cerró los ojos, desaparecidas las persistentes dudas y el autoanálisis de la semana pasada.

Había aceptado que quería esto, o al menos quería explorar más con este hombre que la adoraba, su Maestro.

Sintió una libertad que no había esperado para convertirse en su esclava.

Había vivido y aprendido mucho en la última semana, y la verdad era que la excitaba, todo.

Ella se volvió para sonreírle cuando él regresó.

"Olvidé decir gracias, Maestro".

Él le sonrió.

"Sabes que ni siquiera me di cuenta. Me has hecho un hombre muy feliz esta noche. Gracias, Susy".

"Sin embargo, no me gustó", sostuvo en alto una cadena para que ella lo viera, "descubrir que te la habías quitado hoy".

Sus ojos se abrieron de par en par cuando vio que el colgante de Campanilla colgaba de la cadena en su mano.

Ella abrió la boca para disculparse, pero él levantó la mano para detenerla.

"No fui lo suficientemente claro en mis instrucciones y no podrías haber sabido su importancia".

Ella inclinó la cabeza mirándolo con curiosidad mientras él deslizaba el colgante de hadas de la cadena y se lo entregaba.

"Un amigo mío hizo esto cuando le dije que iba a reclamar a una esclava para mí", recogió un candado de filigrana finamente diseñado en forma de corazón. "Con esto la cadena se convierte en un collar de sumisión".

Robert abrió el candado y colocó la cadena en un extremo del mismo.

Pasó el otro extremo de la cadena alrededor de su cuello y luego paso varios bucles de ese extremo por la otra parte del candado para ajustar la cadena cerrándola alrededor de su cuello.

Susan respiró profundamente cuando escuchó el candado hacía 'clic'.

Se sentó y le sonrió:

"Las personas que no viven nuestro estilo de vida lo verán solo como un collar bonito. No te lo quitarás sin mi permiso. Solo luego lo reemplazarás con un collar de entrenamiento o mi collar formal. Y siempre todos verán que usas uno de mis collares para mostrar a quién perteneces y cuán orgulloso estoy de que seas mía".

Él sonrió y le acarició la mejilla inclinándose para besarla profundamente.

FIN

SUMISA
ERIKA SANDERS

Te deseo.

Todo de ti.

De la cabeza a los pies y todo lo demás.

Tu cuerpo, tu mente, tu alma.

Las imperfecciones que odias que yo no.

Amo cada parte de ti, tal como eres.

Especialmente ese culo.

Quiero estar contigo.

Todo el tiempo.

No importa dónde esté.

Mi mente divaga, provocada por un pensamiento o una imagen.

Una canción.

Tus iniciales en una matrícula.

Una simple palabra hablada de pasada que tiene un significado especial para ambos.

Un extraño que lleva el pelo como tú.

Vestido como tú.

Quiero oír tu voz.

Cuando me llamas con tus nombres de mascotas.

Dime que me amas, me extrañas.

Describe cómo fue tu día.

Pregúntame sobre el mío y dame tu opinión.

Comparte lo que estamos haciendo o planeamos.

Incluso lo mundano.

Sedúceme a altas horas de la noche mientras estoy tumbada desnuda en la cama en la oscuridad y tú estás a kilómetros de distancia.

Sé duro conmigo cuando me pongo malcriada y hago pucheros por colgarme el teléfono para dormir o para prepararte para el trabajo.

Quiero ver tu interior abierto por escrito.

Saboreo cada nuevo mensaje y foto.

Reviso las conversaciones pasadas.

Recuerdo que cuando no estamos físicamente juntos, todavía piensas en mí.

Que puede estar ahí con un toque de tus dedos.

Tus palabras son fuertes a pesar de que no hay sonido; me tocan en el fondo, como si me las hubieras dicho directamente al oído.

Quiero comentar mis novelas contigo.

Sugiéreme ideas mientras hacemos una lluvia de ideas sobre la trama y los nombres de los personajes.

Elimina las áreas problemáticas.

Marearte con los comentarios y opiniones de los fans.

Apaciguar mi ira y confusión cuando los lectores sin rostro y sin corazón critican mis historias sin una buena razón.

Y continúo escribiendo otro día con tu ánimo.

Quiero ser domesticada por ti.

Para cocinar y hacer los quehaceres de la casa.

Hacer recados.

Ir a bailar, ver una película y hacer viajes.

Solo acurrúcate y toma una siesta en el sofá en un fin de semana lluvioso.

Llamarme deseoso para hacer el amor bajo montones de mantas en la cama todo el día.

Dormirnos en los brazos del otro por la noche y luego despertarnos uno al lado del otro por la mañana.

Ducharnos juntos.

Tener sexo de reconciliación cuando peleemos.

Quiero ser besada por ti.

Repetidamente.

Tanto con ternura como con brusquedad.

Sabes cómo burlarte de mí.

Satisfacerme.

Despertarme con tus labios, dientes y lengua.

Para hacerme llorar y gemir.

Suplicar.

Mi cuerpo tiembla.

Quiero hacer cosas pervertidas contigo.

Asistir a comidas y eventos.

Hacer amigos en tu estilo de vida.

Participar en juegos sexuales en fiestas.

Descubrir más deseos secretos.

Liberar nuestras inhibiciones.

Explorar nuestros lados más oscuros.

Llevarnos el uno al otro a lo más alto de los máximos y luego consolarnos el uno al otro cuando caemos en el más bajo de los mínimos.

Quiero ser dominada por ti.

Gruñó porque soy tuya.

Haces que mi pulso se acelere y que la respiración se detenga al oír tus órdenes.

Silencioso o brusco, ambas situaciones me hacen sonrojar.

Tengo muchas ganas de que me sujetes contra la pared con tu polla entre mis piernas, presionado contra mi coño.

Que me ordenes follarte ... que venirme solo cuando tú lo digas.

No tengo más remedio que ceder cuando torturas mis oídos, cuello y pechos con tu boca.

O cuando siento tus manos sobre mi cuerpo mientras reclamas lo tuyo.

Mi pecho se hincha de orgullo cuando dices que soy una "buena chica" por hacer lo que quieres.

Quiero estar atado por ti.

Físicamente.

Mentalmente.

Con tus manos, esposas o cuerdas.

Mis muñecas sostenidas en tu agarre por encima de mi cabeza o aseguradas a la cabecera de la cama.

Piernas restringidas, juntas o separadas.

Mis movimientos y reflejos controlados.

Cualquier posibilidad de tocarte eliminada.

Una venda sobre mis ojos para no ver lo que me vas a hacer.

Quiero ser jodida por ti.

Desnuda y abrumada bajo tu cuerpo mientras me arrasas.

Quedarme libre de restricciones sin un toque de ninguno de los dos, usando solo tus palabras para hacerme retorcerme y gemir mientras arruinas mi mente deliciosamente.

O los toques simples y ligeros que has descubierto que me sacan múltiples orgasmos sin importar dónde acaricies mi cuerpo.

Quiero que me utilices.

Ser arrastrada de un sitio a otro a tu antojo.

Abrumada cuando lucho.

Mi trasero desnudo golpeado mientras me sujetabas.

Mis juguetes usados en mí ... por ti.

Tu mano aferrada a mi cabello en la parte de atrás de mi cuello.

Presionando ligeramente sobre mi garganta mientras me miras a los ojos.

Para recordarme quién está a cargo.

Quiero obedecer tus reglas.

Cuando estás fuera de mi alcance, me dan algo en lo que concentrarme.

Están definidas teniendo en cuenta mi mejor interés.

Sé que serás disciplinado en consecuencia si las rompo.

Que confíes en mí para ser honesta contigo cuando te he desobedecido.

Quiero que me consueles.

Acurrucada contra ti cuando estoy a abrumada o tengo un mal día.

Mi cabello acariciado y besado con mi cabeza acurrucada debajo de tu barbilla contra tu pecho.

Calmada por tus palabras y tus brazos a mi alrededor.

Mecida hasta que cese cualquier lágrima.

Quiero cuidarte.

Para abrazarte cuando estás triste, cansado o enfermo.

Seré tu fuerza, alguien en quien apoyarte, porque incluso un Dominante puede tener momentos débiles.

Como tu sumisa, estoy aquí para ti en cualquier situación que me necesites.

Para complacerte o aliviar tu dolor.

Quiero todas estas cosas y más.

Porque soy sumisa de esa manera.

Como tu dominante ...

FIN

www.ingramcontent.com/pod-product-compliance
Lightning Source LLC
LaVergne TN
LVHW040957150826
845672LV00002B/732

* 9 7 9 8 2 3 0 6 2 7 2 6 5 *